Prognosi riservata

Commedie in italiano

Flagrante delirio

Strip-Poker

Un piccolo omicidio senza conseguenze

Venerdì 13

JEAN-PIERRE MARTINEZ

Prognosi riservata

Traduzione di Annamaria Martinolli

La Comédiathèque
comediatheque.net

Personaggi

Teresa, sorella di Giacomo
Luisa, sorella di Giacomo
Giovanna, moglie di Giacomo
La dottoressa Malamorte
Gioia, infermiera
Sanchez, commissaria di polizia

5 o 6 attori (uomini o donne). Il ruolo di Sanchez può essere interpretato dall'attore/attrice che interpreta anche la Dottoressa Malamorte, con trucco e costume che non ne permettano il riconoscimento. Si tratta comunque di una convenzione teatrale. Se il pubblico si accorge del sotterfugio, la pièce ci guadagnerà ulteriormente in comicità.

Prima di qualsiasi rappresentazione pubblica, professionale o amatoriale, bisogna ottenere l'autorizzazione della SIAE (www.siae.it).

© La Comédiathèque
ISBN 978-2-37705-834-1

Una stanza d'ospedale. Su un letto con ruote giace il corpo di un paziente in posizione reclinata, collegato a una flebo e a numerose apparecchiature elettriche. Il viso è coperto da un lenzuolo. Poiché il ruolo è solo di comparsa, verrà utilizzato un manichino. La dottoressa Malamorte e l'infermiera Gioia entrano, entrambe in camicie bianco.

Malamorte – Fa talmente caldo in questi ospedali che uno vorrebbe aprire una clinica privata solo per avere l'aria condizionata.

Gioia – E poi ci si stupisce della proliferazione dei microbi.

Malamorte – Non fanno che ripeterci che il bilancio della Sanità è in deficit. Se iniziassero spegnendo il riscaldamento in estate negli ospedali pubblici, la fattura del gas sarebbe già più ridotta.

Gioia – E le malattie nosocomiali non si diffonderebbero così tanto, dottoressa Malamorte.

Malamorte – Mi sa che anch'io, in questo momento, sto covando uno stafilococco aureo. A meno che non si tratti di una malattia tropicale. Lei invece, infermiera Gioia, ha un aspetto davvero magnifico.

Gioia – Grazie, dottoressa. È merito del carotene. Non sono troppo arancione?

Malamorte – Assolutamente no, ragazza mia. Allora, oggi cosa abbiamo?

Gioia le porge una cartella.

Gioia – Giacomo Mariani, di anni quaranta. Il paziente è in coma profondo in seguito a un incidente in bici.

La dottoressa dà un'occhiata alla cartella.

Malamorte – Mettersi il casco, quando si va in bici, dovrebbe essere obbligatorio.

Gioia – In questo caso, il paziente il casco lo portava. Purtroppo non è bastato: ha centrato in pieno un autobus.

L'infermiera solleva il lenzuolo e si vede che la testa del paziente è coperta da un casco integrale.

Malamorte – Ma qui in ospedale non rischia più nulla, a parte cadere dal letto. Perché non gliel'hanno tolto?

Gioia – Perché nella sua testa è tutto fuori posto… Se glielo togliamo c'è il rischio che il cervello finisca sul cuscino.

Malamorte – Ne deduco che le possibilità che si risvegli a breve sono poche.

Gioia – Arresto respiratorio che probabilmente ha comportato la mancata ossigenazione del cervello.

La dottoressa controlla di nuovo la cartella.

Malamorte – Vedo… Elettroencefalogramma piatto. Apparente morte cerebrale. Non sarebbe meglio ridurne le sofferenze?

Gioia – Certo, così si libererebbe un letto, ma…

Malamorte – Ha ragione, prima è meglio consultare i parenti. La famiglia è stata avvertita?

Gioia – Sì, dovrebbe essere qui tra poco.

Malamorte – Bene.

Gioia – Altre raccomandazioni su questo paziente, dottoressa?

Malamorte – Un attimo che ci penso… Controlli che la visiera del casco resti ben chiusa per evitare che le mosche entrino nel cervello.

Gioia – Lei è impagabile!

Malamorte – Grazie, è proprio il caso di dirlo! Ecco perché sto per optare per la medicina a due velocità. La sanità pubblica non è più in grado di pagarmi per quanto valgo… Che ne direbbe di seguirmi nella mia nuova clinica privata? Se avessi bisogno di una brava capo-infermiera, verrebbe a lavorare con me?

Gioia – La seguirei fino in capo al mondo, dottoressa… anche in un dispensario gratuito nell'Africa profonda. Quindi perché non in una clinica ben climatizzata?

Malamorte – Sento che faremo grandi cose insieme, mia cara. Non mi resta che trovare qualche generoso donatore per raccogliere i fondi necessari alla realizzazione del progetto!

Gioia – Io forse un'ideina ce l'avrei…

Malamorte – Davvero? Lei è proprio una donna eccezionale.

Gioia torna a coprire il casco integrale con il lenzuolo.

Malamorte – Perché gli copre la testa con il lenzuolo? Poco fa ho creduto che il paziente fosse già morto.

Gioia – Ogni tanto, apre gli occhi. Dev'essere un riflesso. Lo copro per proteggerlo dalla luce…

Malamorte – È vero che i neon sono fastidiosi… Nella nostra clinica, ci metterei una luce soffusa. È molto più piacevole.

Gioia – Soprattutto per questi poveracci in fin di vita.

Malamorte – Non si preoccupi, Gioia. La mia clinica ospiterà solo pazienti con le tasche piene e in perfetta salute. Sto pensando di darmi alla chirurgia estetica.

Gioia – Anche i ricchi hanno il diritto di avere qualcuno che si occupi dei loro piccoli difetti… Io stessa so benissimo di non essere perfetta. Cosa gliene pare del mio seno, dottoressa?

Si preparano ad uscire dalla stanza.

Malamorte – Un capolavoro, mia cara. Un capolavoro. Chi è il prossimo paziente?

Gioia – Un senza tetto che l'ambulanza ha trovato stanotte in strada in coma etilico. Anche per lui le speranze di un risveglio sono ridotte a zero.

Malamorte – Con il caldo che fa qui, sarebbe meglio non tenercelo a lungo o inizierà a puzzare… Nel congelatore della cucina non è forse rimasto un posticino? Così almeno lui starebbe al fresco.

Gioia – Lei è una comica nata, dottoressa! In sua compagnia non ci si annoia mai.

Malamorte – Con il mestiere che facciamo, bisogna avere la battuta pronta.

Escono.

Subito dopo entra Teresa, una donna in abiti bohémien. Ha il cellulare incollato all'orecchio.

Teresa – Non so ancora nulla, che ti devo dire? Sono appena arrivata in ospedale ma ho sbagliato camera. Ho beccato un povero disgraziato in ipotermia che puzzava in modo atroce. Ora mi pare di essere nel posto giusto, lo vedo.

Vede il paziente sul letto.

Teresa – Neanche lui ha un bell'aspetto… Ci sono fili e tubi ovunque. Forse un trasformatore elettrico. Non sono ancora del tutto sicura che sia lui. Ha un lenzuolo che gli copre la faccia… Sì, hai ragione, di solito non è buon segno. Comunque la dottoressa dovrebbe passare tra poco, così saprò qualcosa.

Entra Luisa, in abiti borghesi.

Teresa – Scusami, devo lasciarti. È appena arrivata mia sorella. D'accordo, ti chiamo quando so qualcosa, ma non aspettarmi a pranzo. Sì, ti abbraccio anch'io.

Mette via il cellulare e dà un bacio alla sorella.

Luisa – Ciao, Teresa.

Teresa – Ciao, Luisa.

Luisa vede il paziente sul letto coperto da un lenzuolo.

Luisa – Santo cielo! Non dirmi che arrivo troppo tardi… È morto?

Teresa – Non credo, altrimenti penso che avrebbero staccato tutte le apparecchiature.

Luisa – Ma sei sicura che sia lui? Appena arrivata ho sbagliato camera…

Teresa – È successo anche a te? Certo che tra 13 e 13bis non c'è poi molta differenza.

Luisa – Speriamo che almeno gli porti fortuna.

Teresa – Cosa?

Luisa – Il numero 13!

Teresa dà un'occhiata alla cartella appesa ai piedi del letto.

Teresa – Giacomo Mariani. Sì, è proprio lui.

Luisa – Forse potremmo togliergli quel lenzuolo che ha sulla testa…

Teresa – In effetti sembra un sudario, ma pazienza. Non so se…

Luisa – Hai ragione. Meglio non toccare nulla prima dell'arrivo della polizia.

Teresa – La dottoressa, vuoi dire.

Luisa – L'ho incrociata in corridoio, mi ha detto che viene subito.

Teresa – Che storia. Era da tanto che non avevo sue notizie, e oggi lo ritrovo in queste condizioni… Tu come stai?

Luisa – Diciamo bene.

Silenzio imbarazzato.

Teresa – Abiti sempre a San Giovanni in Persiceto?

Luisa – Non ho mai abitato a San Giovanni in Persiceto.

Teresa – Sul serio?

Luisa – Abito a San Giovanni in Fiore.

Teresa – Ah, sì, è vero.

Nuovo silenzio imbarazzato.

Luisa – E tu, fai sempre la pubblicitaria?

Teresa – Non l'ho mai fatta, lavoro nella finanza.

Luisa – Ah, certo, giusto!

Teresa – Con Giacomo avevi ancora contatti?

Luisa – Non più di te… L'ultima volta che l'ho visto era il funerale di papà. E tu non c'eri, se la memoria non m'inganna.

Teresa – Un contrattempo all'ultimo minuto. Ma bisogna ammettere che nella nostra famiglia… nessuno ha mai avuto un gran senso della famiglia.

Luisa – È spaventoso… Indubbiamente. Non era destino che fosse un uomo fortunato.

Teresa – No… Povero, Giacomo… Visto e considerato anche il suo nome.

Luisa – Perché, cos'ha che non va?

Teresa – Non hai mai trovato curioso che si chiamasse Giacomo?

Luisa – Tante persone si chiamano così.

Teresa – Non della nostra classe sociale. E non persone della sua età.

Luisa – È vero… E per quanto ne so io, nessuno dei nostri nonni o zii si è mai chiamato Giacomo.

Teresa – Non so… Forse è stato adottato.

Luisa – Beh, questo in effetti spiegherebbe tante cose.

Teresa – È sempre stato il brutto anatroccolo.

Luisa – Sì… non ci assomiglia poi molto.

Teresa – Ha un che di asiatico, no?

Luisa – Asiatico… sei sicura?

Teresa – Giusto un pochino.

Luisa – Secondo te è stato adottato e gli hanno lasciato il nome vero?

Teresa – Può essere, sai quanti cinesi ci sono che si chiamano Giacomo.

Luisa – Ah, certo.

Teresa – Il vantaggio, se davvero non siamo parenti, è che non siamo compatibili per un eventuale trapianto di reni che dovesse servirgli.

Luisa – Già.

Teresa – Oh… Ecco che arriva la dottoressa. (*A parte*) E visto il cognome, mi stupirei se avesse buone notizie da darci.

Entrano la dottoressa e l'infermiera.

Malamorte – Dottoressa Malamorte, molto piacere. Lei invece è l'infermiera Gioia.

Luisa – Buongiorno, dottoressa.

Teresa – Signorina.

Luisa – Siamo venute appena l'ospedale ci ha avvisate.

Malamorte – Siete le sorelle, immagino?

Teresa – Sì, diciamo di sì.

Malamorte – Mi dispiace tanto per vostro fratello.

Luisa – È davvero così grave?

Malamorte – Non vi nascondo che le sue condizioni sono molto preoccupanti, e che la prognosi è riservata.

Luisa – Crede ci sia ancora speranza?

Malamorte – Vostro fratello ha subito un forte trauma alla testa. Purtroppo, la scatola cranica è gravemente compromessa. Adesso è in coma profondo ed è tenuto in vita artificialmente. Faremo altri esami, ma c'è la possibilità che si trovi già in stato di morte cerebrale.

Teresa – In pratica è un vegetale.

Malamorte – Ho fatto quattordici anni di studi. Dovevo pur tirarmela un po' utilizzando il gergo medico per giustificare il mio stipendio astronomico, ma sì, in parole povere è una pianta.

Luisa – Quindi non c'è alcuna speranza che un giorno esca dal coma?

Malamorte afferra la radiografia che le porge l'infermiera e gliela mostra.

Malamorte – Ecco una radiografia del cranio di vostro fratello. Come potete constatare ci sono numerose lesioni e molteplici fratture.

Teresa e Luisa fingono di guardare la radiografia e di capirci qualcosa.

Luisa – Ah, certo, come no. Non è un bello spettacolo, in effetti.

Teresa – Eppure il cranio mi sembra in buone condizioni… La curva è perfetta.

Malamorte – No, quello non è il cranio, è il casco che ha in testa.

Luisa – Il casco?

Gioia – La scatola cranica è talmente danneggiata che per il momento abbiamo preferito lasciargli il casco, in modo da mantenere il cervello in posizione.

Malamorte – O quello che ne resta.

Teresa – Volete dire che se glielo togliete…

Malamorte – Si immagini tanti spaghetti in uno scolapasta crepato, e il tutto all'interno di una casseruola. Diciamo che abbiamo ritenuto più prudente lasciare la casseruola sotto lo scolapasta per evitare che gli spaghetti finiscano sul lavello.

Teresa – Ah, ecco, il suo esempio mi è già più chiaro.

Malamorte – Mi scuso per la brutalità di quello che sto per chiedervi ma… Che voi sappiate, il signor Mariani aveva dato disposizioni particolari riguardo al protocollo da seguire nel caso in cui, come è purtroppo successo, si fosse ritrovato tenuto in vita artificialmente?

Luisa – Non lo so… Non abbiamo mai avuto modo di parlarne tra noi… In realtà non ci vedevamo molto spesso. (*A Teresa*) A te ha detto qualcosa?

Teresa – No… L'ultima volta che l'ho visto era il giorno del tuo matrimonio. Suppongo che le circostanze erano poco adatte ad affrontare un argomento del genere. Anche se… durante il ballo del qua-qua anch'io per un attimo ho pensato al suicidio assistito.

Malamorte – Non voglio mettervi fretta, ma nel caso di vostro fratello sarà opportuno che ci pensiate.

Gioia – E all'occorrenza, potrebbe essere necessario fare una scelta su eventuali donazioni di organi.

Teresa – Donazioni di organi? Ah, no, ma… Dottoressa, è meglio che io chiarisca subito la questione. Abbiamo buone ragioni per pensare che nostro fratello sia stato adottato… quindi è improbabile che una di noi possa donargli un organo.

Gioia – Credo che l'idea sia piuttosto quella di donare gli organi di Giacomo.

Teresa – Gli organi di… Ma certo… Ovviamente… Anzi, io sono del tutto favorevole, se un suo organo può salvare una vita…

Malamorte – Comunque sia, bisognerà sentire anche il parere della moglie. Ci ha appena telefonato e dovrebbe arrivare tra poco.

Luisa – La moglie?

Gioia – Sì, vostra cognata.

Teresa – Come no…

Malamorte – Vi lascio con vostro fratello. Potete parlargli, ovviamente, ma non sono sicura che possa sentirvi.

Teresa – Grazie, dottoressa.

Malamorte – Resto a vostra completa disposizione. In caso di necessità, suonate pure il campanello. Un'infermiera risponderà alla vostra chiamata… O all'occorrenza un prete.

La dottoressa e l'infermiera escono. Teresa e Luisa gettano uno sguardo verso il paziente.

Luisa – Sapevi che era sposato?

Teresa – No.

Luisa – Non ci ha neanche mandato le partecipazioni. Magari non ci sarei andata, ma comunque… La tradizione prevede questo, no?

Teresa – È strano, non ce lo vedo sposato.

Luisa – Già… mi piacerebbe sapere a cosa assomiglia sua moglie.

Teresa – Da quanto dice la dottoressa, non ci metteremo molto a scoprirlo.

Giovanna, la presunta sposa di Giacomo, entra. Ha un aspetto mascolino.

Giovanna – Santo cielo, Giacomo! (*Luisa e Teresa si guardano incuriosite*) Non ditemi che sono arrivata troppo tardi?

Teresa – No, stia tranquilla, è ancora vivo. O meglio, più o meno.

Giovanna – Piacere, Giovanna, sono la moglie. Voi siete?

Teresa – Le sorelle.

Giovanna – Strano… Non mi ha mai parlato di voi.

Teresa – Nemmeno a noi aveva detto di essere sposato.

Giovanna – Era un ragazzo molto discreto. No, voglio dire… È ancora adesso un ragazzo molto discreto.

Teresa – Indubbiamente, nello stato in cui si trova, la discrezione non gli manca.

Giovanna – La dottoressa vi ha detto se c'è ancora speranza?

Luisa – Non è stata affatto rassicurante, in realtà. Anche noi siamo molto dispiaciute… Ha figli?

Giovanna – Non ancora, purtroppo. Peccato, almeno mi sarebbe rimasto un ricordo di Giacomo.

Luisa – Ma certo.

Giovanna – Ma comunque, cercheranno di curarlo, no?

Teresa – Credo ci abbiano fatte venire qui soprattutto per sapere se vogliamo abbreviare le sue sofferenze.

Giovanna – Abbreviare le sue sofferenze?

Luisa – Purtroppo Giacomo si trova in stato di coma profondo in seguito all'incidente.

Giovanna – Incidente? Perché, cos'è successo?

Teresa – Accidenti, è vero. (*A Luisa*) Cosa gli è successo di preciso?

Luisa – Ci siamo dimenticate di chiederlo.

Teresa – Forse è stato un incidente stradale.

Giovanna – Giacomo non ha mai preso la patente.

Teresa – Comunque sia, mi sembra che la dottoressa Malamorte aspetti solo il nostro nulla osta per staccarlo dalle macchine.

Giovanna – Staccarlo? Non è mica un tostapane! È pur sempre vostro fratello.

Luisa – Diciamo le cose come stanno: era da anni che non avevamo rapporti con lui.

Teresa – Anzi, mi chiedo perché mai ci hanno chiamate.

Luisa (*a Giovanna*) – Certo, a parte lei, noi siamo la sua unica famiglia. Ma prendere una decisione del genere…

Teresa – Io non sono credente, quindi l'eutanasia non mi crea problemi. Il problema è il termine in sé: è alquanto controverso, soprattutto la seconda parte.

Giovanna – La seconda parte?

Teresa – "Nasia" ricorda troppo da vicino il nazismo.

Luisa – E i tedeschi non ci hanno lasciato buoni ricordi.

Teresa – Il che nuoce parecchio all'immagine di una pratica che però, in casi come questo, è molto utile.

Luisa (*a Giovanna*) – Credo sia meglio che la decisione spetti a lei. In fondo, lo conosceva meglio di noi.

Giovanna inizia a singhiozzare in modo ben poco convincente.

Giovanna – No, io non sono pronta per… "staccarlo", come dite voi. Ad ogni modo, non adesso.

Luisa – Rispettiamo la sua decisione. Vero, Teresa?

Teresa – Certamente. (*Lancia uno sguardo all'orologio*) Del resto, tra poco me ne vado. Visto che per adesso non si può fare nulla.

Luisa – Anch'io. Stasera ho una cena e…

Teresa – Non penso che, nello stato in cui si trova, la nostra presenza possa fare la differenza.

Giovanna – Io resterò con lui, se permettete.

Luisa – Come no… In fondo, lei è la moglie.

Teresa e Luisa si apprestano ad andarsene ma torna l'infermiera.

Gioia (*a Giovanna*) – Ah, la signora Mariani, immagino…

Giovanna – Sì… Può darmi maggiori informazioni sulle condizioni di Giacomo?

Gioia – Stiamo aspettando il risultato delle ultime analisi, ma le confesso che non siamo molto ottimisti.

Giovanna – Sta peggiorando?

Gioia – No, non esattamente, diciamo che è stazionario.

Giovanna – Quindi, potrebbe esserci ancora speranza.

Gioia – Purtroppo, signora, nel caso specifico di suo marito, "stazionario" non è buon segno.

Teresa – Anche un vegetale può essere stazionario.

Gioia – Infatti, il signor Mariani è in stato vegetativo. E le speranze che un giorno si riprenda sono poche.

Giovanna – Ne è sicura?

Gioia – Temo che dovrà valutare quella che le sembra la scelta migliore per lui.

Giovanna – Crede stia soffrendo?

Gioia – Difficile a dirsi ma… converrà che sopravvivere in simili condizioni… non è vita.

Luisa – L'infermiera ha ragione, Giovanna. Capisco quanto lei soffra, ma non possiamo lasciarlo così.

Gioia – C'è un momento nella vita in cui bisogna elaborare il lutto. La dipartita di un essere caro è una prova che il Signore ci costringe ad affrontare. Ma quando arriva il momento, meglio non rimandarlo e affrontare le cose di petto. Ci sono un sacco di scartoffie da riempire. E poi, ovviamente, c'è l'eredità. Meglio non lasciare che la questione si trascini inutilmente.

Teresa – L'eredità?

Luisa – È vero, l'eredità, non ci avevamo pensato.

Teresa – E chi sarebbero gli eredi?

Gioia – Beh, quelli di primo grado… (*a Giovanna*) Lei è la moglie, no?

Giovanna – Sì, ecco…

Gioia – Se suo marito morisse, l'eredità spetterebbe a lei. Inoltre, in quanto moglie del paziente, ci sono alcune carte che dovrebbe firmarmi fin da subito.

Giovanna – Beh, veramente… noi non eravamo ancora sposati.

Gioia – Ah… E non avete neanche figli?

Giovanna – No.

Gioia – In questo caso, l'eredità andrebbe alle sorelle. Ma dubito che questa sia la vostra principale preoccupazione in un momento simile.

Teresa (*con aria sognante*) – No, certo.

Gioia – Vi lascio riflettere su tutto.

Esce.

Giovanna – Ho bisogno di rinfrescarmi un po'.

Si dirige verso il bagno.

Teresa (*a Luisa*) – Quindi l'eredità spetterebbe a noi.

Luisa – Eravamo la sua unica famiglia, e visto che non è sposato…

Teresa – È pazzesco!

Luisa – Già.

Teresa – Secondo te aveva parecchi soldi?

Luisa – Mi stupirei, ma comunque… Vai a saperlo… Erano anni che non lo vedevamo.

Teresa – Non so nemmeno che lavoro facesse.

Luisa – Non so perché, ma io direi "disoccupato".

Teresa – Sì… e pure con l'indennità in scadenza.

Luisa – Certamente non debitore d'imposta, comunque.

Teresa – Dovremmo parlarne con la moglie… Voglio dire, con Giovanna. Lei di sicuro lo saprà.

Giovanna ritorna.

Luisa – Si sente meglio?

Giovanna sembra cercare qualcosa.

Giovanna – Tutto bene… Non è che per caso sapete dove hanno messo le sue cose?

Luisa – Le sue cose?

Giovanna – Non aveva una valigia quando è arrivato qui?

Teresa – Se è stato ricoverato in seguito a un incidente, non credo abbia avuto il tempo di preparare la valigia.

Luisa – Come quando una donna sta per partorire.

Teresa – Perché lo chiede? Non credo ne abbia molto bisogno in questo momento.

Giovanna – No, certo. Scusate, è colpa dei nervi.

Teresa – A proposito… lei che viveva con lui non potrebbe darci qualche notizia? Siccome non lo vedevamo da tanto tempo…

Luisa – Sì, come andavano le cose nella sua vita?

Giovanna – In che senso?

Luisa – Gli affari… Aveva un lavoro?

Giovanna *(con la testa altrove)* – Un lavoro? Giacomo?

Teresa – Mi chiedevo se…

Giovanna – È meglio che domando all'infermiera se hanno messo la sua valigia da qualche parte…

Esce.

Teresa – È un po' turbata, non ti pare?

Luisa – Chiunque lo sarebbe per molto meno.

Teresa – Comunque, non sembra che Giacomo fosse diventato un grande imprenditore… Quindi per quanto riguarda l'eredità…

Luisa – Forse, professionalmente, non ha combinato un granché, ma tre anni fa, alla morte di nostra madre, la sua parte di eredità l'ha pur sempre presa.

Teresa – Porca miseria, è vero!

Luisa – Questo ci permetterebbe di recuperare quella fetta di torta… Intendo, è normale che la cifra torni in tasca a noi. In fondo, perché dovrebbe uscire dalla famiglia?

Teresa – Considera, poi, che forse Giacomo non faceva davvero parte della famiglia. Se i nostri genitori l'hanno adottato in Cina, o in qualche baracca di periferia…

Luisa – Ti confesso che in questo momento una piccola entrata di denaro mi farebbe proprio comodo. Abbiamo appena comprato una casa nuova, proprio accanto a quella dell'ex premier, ora quasi imbalsamato, e nella sua stessa città.

Teresa – Non mi dire? Un posto magnifico quello!

Luisa – Il problema è che servono parecchi lavori prima di farla assomigliare a quella dell'ex premier. Per il momento, assomiglia piuttosto a un mulino in stato d'abbandono.

Teresa – Sta di fatto che adesso Giacomo è un vegetale.

Luisa – E insomma si tratterebbe di un gesto caritatevole.

Restano un attimo soprappensiero.

Teresa – E se si fosse già fatto fuori tutto?

Luisa – Tu credi?

Teresa – Stiamo pur sempre parlando di Giacomo…

Giovanna ritorna.

Giovanna – No, a quanto sembra non c'erano valigie.

Luisa – Le cose come andavano? Avevate qualche problema finanziario?

Giovanna – Quali problemi finanziari?

Teresa – Mi pareva che di recente avesse incassato un'eredità. Spero la stia gestendo da bravo padre di famiglia…

Giovanna – Padre di famiglia? Ma se vi ho detto che non abbiamo figli!

Luisa – Ah, sì, è vero.

L'infermiera ritorna.

Gioia – Allora? Avete potuto discutere in famiglia della soluzione migliore per il fine vita dell'essere amato?

Teresa – Intende dire che…

Luisa – Non abbiamo ancora deciso.

Teresa – E non tutti siamo d'accordo.

Luisa – La signora non è ancora pronta per…

Giovanna continua a dare l'impressione di cercare qualcosa.

Giovanna – Quindi siamo sicuri che quando il signore è arrivato non c'era alcuna valigia?

Guarda sotto il letto.

Gioia – Capisco, ma se il signor Mariani non era sposato, spetta alle sorelle decidere cosa è meglio per lui.

Teresa – In realtà… vorremmo avere ancora qualche altra informazione.

Gioia – Intendete… dal punto di vista medico? Ebbene, come vi ho spiegato poco fa…

Teresa – No, soprattutto dal punto di vista finanziario.

Gioia – Oh, per questo non c'è da preoccuparsi. Staccare le macchine è gratuito, non è a pagamento. Invece, se volete fare una donazione, la dottoressa Malamorte sta pensando di istituire una fondazione per…

Luisa – Ci interessava più che altro il lato successorio.

Gioia – L'eredità, capisco… e in fondo è normale.

Teresa – Non è che per caso sa se il signor Mariani era messo bene finanziariamente?

Gioia – Beh, di sicuro aveva denaro sufficiente a comprarsi una bici. Ma questo è meglio chiederlo alla sua ultima compagna.

Giovanna (*con la testa altrove*) – Scusi?

Gioia – È necessario che sappiate che accettando l'eredità di vostro fratello, accettate anche gli eventuali debiti. Nello specifico le spese ospedaliere per tenerlo in vita.

Luisa – Dice sul serio?

Teresa e Luisa guardano il malato e tutte le apparecchiature che lo circondano.

Teresa – Una cura così intensiva costerà un botto, immagino.

Gioia – Ah, certo, una fortuna. All'inizio no, ma con il passare degli anni… Comunque, in caso di dubbio, potete sempre rifiutare l'eredità a favore della fondazione della dottoressa Malamorte.

Teresa – Ovviamente.

Gioia – Per quanto riguarda il suo mantenimento in vita, vi suggerisco di soppesare bene i pro e i contro. Anche perché se restasse in queste condizioni per anni, la fattura aumenterebbe a livello esponenziale.

Luisa – In questo caso, forse bisognerebbe abbreviargli le sofferenze il prima possibile. Che ne dici, Teresa?

Gioia – Vi lascio ancora un po' di tempo per riflettere.

Esce.

Luisa (*a Giovanna*) – Lei che ne pensa?

Giovanna – C'è ancora una piccola speranza che esca dal coma, mi pare.

Teresa – In fondo, se rifiutiamo l'eredità, che lui viva o muoia…

Luisa – Sì, non c'è motivo per affrettargli la morte. Sarebbe poco cristiano.

Teresa – Devo parlarne con il mio avvocato. Ma anche rifiutando l'eredità, mi chiedo se le spese restano o no a carico della famiglia. Mi sembra lo chiamino dovere di assistenza.

Luisa – Dovere di assistenza? Ma se Giacomo lo conoscevamo appena!

Si avvicina al paziente.

Teresa – Secondo voi, ci sente?

Giovanna – E chi lo sa.

Luisa – E per quanto riguarda la donazione di organi, cosa ne pensate?

Teresa – Donare gli organi?

Luisa – Certo, vuoi per caso venderli?

Teresa – Non so… Quanto ci guadagneremmo?

Luisa – Forse abbastanza per rimborsare le spese mediche… Non so, sto dicendo cazzate. Sono i nervi.

Teresa – Sei sicura che non ci senta?

Luisa (*a Giovanna*) – Sa forse cosa pensava Giacomo sulla donazione di organi?

Giovanna – No.

Attimo di esitazione.

Luisa (*a Giovanna*) – Sarebbe disposta a sposarlo prima che stacchino le macchine?

Teresa – E prima che gli tolgano gli organi, ovviamente.

Luisa – In questo modo porterebbe il suo cognome. Le rimarrebbe un ricordo.

Teresa – In mancanza di figli.

Luisa – Sì, credo che pensare a un'inseminazione post-mortem sarebbe ben poco ragionevole.

Teresa – In realtà, non so se si può sposare una persona in coma… Anche questo devo chiederlo all'avvocato.

Giovanna – Ma certo, come no... So dove volete andare a parare... Poco fa, non facevo neanche parte della famiglia. Adesso pretendete che lo sposi perché mi faccia carico delle spese ospedaliere.

Luisa – Non c'è motivo di vederla così, gliel'assicuro.

Gioia ritorna.

Gioia – Allora? Tutto bene con voi? Intendo... considerate le circostanze. Volete un caffè? Una brioche?

Luisa – Più che altro vorremmo un consiglio.

Gioia – Ma certo, sono qui per aiutarvi.

Teresa – Riguarda le spese mediche.

Gioia – Mi sono informata... e il costo sarà piuttosto elevato. Ma per il momento non voglio mettervi in agitazione...

Luisa – Siamo già abbastanza agitate, grazie.

Gioia – Capisco, vedere il proprio fratello, o compagno, in questo stato... È un'esperienza difficile da vivere, me ne rendo conto.

Giovanna – Pensa ci sia ancora una possibilità che un giorno riacquisti l'uso della parola?

Gioia – La parola? Mio Dio... Un miracolo è sempre possibile. Ma per i miracoli, temo, dovrete rivolgervi più in alto. Sono meno sicuri dell'eutanasia, ma al contrario delle cure intensive, sono al cento per cento a carico della Chiesa.

Luisa – Grazie per le parole di conforto.

Gioia – Dimenticavo, una poliziotta si è appena presentata all'accoglienza.

Giovanna – Una poliziotta?

Gioia – Le ho detto che il paziente non è nelle condizioni di rispondere a domande, ma vorrebbe parlare con i parenti. Le ho detto di salire. Ad ogni modo, se cambiate idea sul caffè e le brioche, suonate pure per il servizio in camera.

Esce.

Teresa – Una poliziotta? Perché, una poliziotta?

Luisa – Forse stanno facendo un'indagine per stabilire le circostanze precise dell'incidente. È normale…

Teresa – È vero. Non sappiamo ancora com'è avvenuto.

Luisa – L'infermiera parlava di una bici…

Teresa (*a Giovanna*) – Non è che per caso lei sa cos'è successo?

Giovanna – Veramente io… No, non di preciso.

Luisa – La poliziotta ce ne dirà sicuramente di più.

Teresa (*notando il disagio di Giovanna*) – Non le interessa sapere?

Giovanna – Sentite, non ho il tempo di spiegarvi, ma non parlate di me con la poliziotta, va bene?

Teresa – Perché non dovremmo?

Giovanna – Io… Io non sono la moglie di Giacomo… Voglio dire… che non ero nemmeno la sua compagna.

Luisa – Ah? Ma allora lei chi è?

Giovanna – Diciamo che eravamo… colleghi d'affari.

Teresa – D'affari? Che tipo di affari?

Luisa – A quanto sembra il tipo di affari di cui la polizia non deve sapere nulla.

Bussano alla porta.

Giovanna – Vi spiegherò tutto tra poco. Mi chiudo in bagno finché la sbirra non se ne sarà andata.

La commissaria Sanchez entra.

Sanchez – Buongiorno, sono la commissaria Sanchez. Caspita, che caldo che fa in questa stanza. Voi siete i familiari, suppongo…

Teresa – Siamo le sorelle, sì.

Sanchez – Sto indagando sull'affare nel quale è coinvolto vostro fratello.

Luisa – L'affare? Ma è stato un incidente in bici, no? Non mi pare sia il naufragio del Titanic…

Sanchez – La faccenda è un po' più complicata, in realtà.

Teresa – Davvero?

Sanchez – Credevo foste già al corrente… Vostro fratello è in coma in seguito a una rapina a mano armata.

Luisa – Una rapina?

Sanchez – Sì, della Banca Intesa Sanpaolo vicino alla quale abitava.

Teresa – Capisco. Giacomo ha sempre avuto un debole per i santi.

Luisa – Sì, soprattutto quando si trattava di spillare soldi durante le processioni.

Teresa – Passava là davanti in bici ed è stato colpito da una pallottola vagante, è questo che intende?

Luisa – In un certo senso, non mi stupisce.

Teresa – Nostro fratello ha sempre avuto un po' di sfiga.

Sanchez – In realtà, non è andata esattamente così. Vostro fratello è rimasto coinvolto in una rapina a mano armata ma… il rapinatore era lui.

Teresa e Luisa restano di sasso.

Luisa – Vuole dire che… Giacomo ha rapinato la Banca Intesa Sanpaolo?

Sanchez – Sì. Insomma, non da solo, con un complice.

Teresa – Una rapina… Non gli si addice proprio.

Luisa – Una rapina in bici? Con in testa un casco integrale?

Teresa – Ah, questo sì, è decisamente più tipico suo!

Sanchez – Ne sapevate qualcosa delle sue attività illecite?

Luisa – Erano anni che non lo vedevamo…

Teresa – In bici… Dovrebbe avere diritto alle attenuanti, no?... Ha appena inventato la rapina ecologica!

Luisa – Quindi non si è trattato di un incidente stradale?

Sanchez – Sì e no… Vostro fratello ha centrato in pieno un autobus dopo un inseguimento con la polizia lungo le strade della città.

Teresa – Un inseguimento? Ma se era in bici? E i poliziotti cos'erano, in monopattino?

Sanchez – Non è uno scherzo. Parliamo di una rapina a mano armata.

Luisa – Ne siamo consapevoli, signora commissaria. Le ricordo, tra l'altro, che nostro fratello è tra la vita e la morte…

Sanchez – Mi dispiace, dico davvero. Anche perché, senza l'incidente, avrebbe potuto darci il nome della complice.

Teresa – La complice? Quindi è una donna…

Sanchez le piazza un foglio sotto gli occhi.

Sanchez – Ecco qua il suo identikit. Le dice qualcosa?

Teresa – Mi dispiace, ma non ho con me gli occhiali da lettura… (*Fingendo difficoltà alla vista*) Lo sa, no, quando una diventa presbite…

Sanchez (*a Luisa*) – E a lei?

Luisa – A me? No, ecco… io sono una pessima fisionomista. Confondo facilmente le persone. In parole povere, se lei mi porta in un club per scambisti sarei capace di finire a letto con mio marito solo perché non l'ho riconosciuto.

Sanchez – Capisco.

Teresa – Non è molto fortunata con noi.

Sanchez – Poco fa ho parlato con la dottoressa. Secondo lei, ci sono poche possibilità che il sospettato esca dal coma in un prossimo futuro.

Teresa – Se ne uscirà, finirà in prigione. Il che non è molto motivante per la sua resurrezione.

Luisa – Di preciso cosa rischia?

Sanchez – Se ci dà il nome della complice e restituisce il bottino, i giudici saranno clementi.

Teresa – Quanto?

Sanchez – La pistola era finta, ma sulla carta non fa differenza. In teoria, sui vent'anni.

Teresa – No, mi riferivo al bottino. A quanto ammonta?

Sanchez – Tre milioni.

Teresa – Tre milioni di euro?

Luisa – Mica male!

Teresa – Io pensavo che Giacomo non avesse ambizioni… Quasi quasi si riguadagna la mia stima.

Luisa – E lei dice che non sono stati ritrovati?

Sanchez – Alcuni testimoni hanno confermato che la valigia era nelle mani di vostro fratello subito dopo la rapina… Ma quando l'abbiamo trovato dopo l'incidente, era sparita.

Teresa – Come sono andate esattamente le cose?

Sanchez – I due complici sono fuggiti ognuno per conto proprio per confondere gli inseguitori. Di lei abbiamo subito perso le tracce. Vostro fratello, invece, lo abbiamo individuato nei pressi della stazione.

Luisa – E come siete riusciti a individuarlo?

Sanchez – Un tizio in bici con un casco integrale non passa inosservato.

Teresa – A parte per il guidatore dell'autobus che lo ha centrato in pieno.

Sanchez – Comunque, prima dell'incidente, ha avuto il tempo di sbarazzarsi della valigia.

Luisa – La valigia…

Sanchez – Ne sa forse qualcosa?

Luisa – No, no, nulla.

Sanchez – Sappiate comunque che nei suoi confronti è stato spiccato un mandato d'arresto. In linea di principio, io dovrei restare qui a piantonarlo in caso di risveglio, ma vista la situazione…

Teresa – Nelle condizioni in cui si trova, non c'è rischio che scappi.

Sanchez – E poi, se devo essere sincera, detesto gli ospedali. Mi deprimono.

Teresa – Sì… e a quanto pare sono strapieni di microbi resistenti agli antibiotici.

Luisa – Sa come si dice: in ospedale, uno sa quando ci entra, ma non sa se ne esce vivo.

Teresa – Anche quando si viene solo per visitare un malato… o una donna che ha appena partorito. Personalmente, questo mi è bastato per rifiutarmi di assistere alla nascita dei miei tre figli.

Sanchez – Addirittura?

Teresa – Li ho partoriti senza neanche vederli! Alla cieca!

Luisa – In fatto di microbi e virus, l'ospedale è un'autentica brodocultura.

Teresa – Il reparto malattie tropicali è giusto qui accanto. La dottoressa Malamorte mi ha raccontato che, giusto la settimana scorsa, hanno avuto un caso di malaria.

Luisa – Non parlava di Ebola?

Teresa – Hai ragione, può essere.

Sanchez – Vi ha detto questo?

Luisa – Non lo dica in giro, ma secondo me quest'ospedale dovrebbe già stare in quarantena. Sembra che le infermiere cadano come mosche.

Ora Sanchez sembra avere fretta di andarsene.

Sanchez – Beh, in questo caso, è meglio che io vada… Tornerò, periodicamente, a chiedere notizie.

Teresa – Grazie per la sua sollecitudine, signora commissaria.

Teresa le porge la mano e Sanchez si vede costretta a stringergliela.

Sanchez – Vi dispiace se mi lavo le mani prima di andarmene?

Luisa – Dove?

Sanchez – In bagno!

Teresa e Luisa la guardano costernate.

Teresa – Ecco, veramente…

Sanchez – Qualcosa non va?

Luisa – No, no, tutto bene.

Sanchez entra in bagno. Le altre due si scambiano uno sguardo preoccupato.

Teresa – Basterà dire che ha minacciato di ucciderci se rivelavamo la sua presenza…

Luisa – Con la pistola giocattolo?

Teresa – Non eravamo tenute a saperlo!

Sanchez ritorna.

Sanchez – Da quando sono qui, ho un caldo spaventoso. Spero di non essermi già beccata qualche malanno. Ad ogni modo, se vostro fratello dovesse svegliarsi, voi avvertitemi subito, eh?

Luisa – Ma certo, signora commissaria.

Sanchez esce.

Luisa – Come cavolo ha fatto?

Teresa – Forse si è nascosta dietro la tenda della doccia. L'ho visto fare in un film horror… Comunque, per quanto riguarda l'eredità, credo che possiamo scordarcela. Se Giacomo è arrivato al punto di rapinare a mano armata una banca, significa che gli affari non gli andavano poi tanto bene.

Luisa – Ma resta sempre il bottino…

Teresa – Ah, certo… La valigia.

Luisa – Ecco perché Giovanna si rifiuta di staccare Giacomo: vuole che prima le dica che ne ha fatto del malloppo.

Teresa – Ora capisco perché ci teneva tanto a sapere se aveva bagagli con sé quando è arrivato qui.

Giovanna ritorna.

Giovanna – Per fortuna, il bagno comunica con la camera accanto.

Teresa – Il paziente che la occupa non si è sorpreso vedendola?

Giovanna – No, è in coma pure lui.

Luisa – Ah, è vero, il 13 bis.

Giovanna – Ho sentito tutto.

Luisa – E quindi?

Giovanna – E quindi confesso di essere io la complice.

Teresa – Non avevo dubbi. Del resto l'identikit è la sua faccia spiccicata.

Luisa – Se la commissaria scopre che l'abbiamo incontrata qui, non sarà facile spiegare la nostra incapacità a riconoscerla.

Giovanna – Allora vi ringrazio per la discrezione.

Teresa – Ciò non toglie che potremmo trovarci in guai seri.

Luisa – Cosa ci guadagniamo?

Giovanna – E va bene, se mi aiutate a rimettere le mani sul malloppo, ce lo dividiamo. Un milione a testa.

Luisa – Lo dividiamo in tre?

Teresa – E con Giacomo, che si fa?

Giovanna – Nello stato in cui si trova…

Luisa – Mi pare giusto. Non sarà facile convincerlo a dirci che ne ha fatto del bottino.

Giovanna – Forse con la sua famiglia si confiderà.

Teresa – E poi?

Giovanna – Se riusciamo a fargli sputare l'osso, possiamo sempre staccarlo dopo, per evitare di lasciarlo in stato vegetativo. E poi, tre milioni divisi in quattro… converrete anche voi che non fa cifra tonda.

Teresa – Senza contare che in questo modo lui non dovrà denunciarla alla polizia, no?

Giovanna – Mi è parso di capire che non siete molto legati. A voi saranno risparmiati molti anni di spese mediche…

Luisa – Vorrei essere davvero sicura che non ci sente.

Teresa – Secondo te riuscirebbe a fingere?

Giovanna – Fingere un coma profondo? Vi pare possibile?

Luisa – Era comunque naturalmente portato, mi pare. (*A Teresa*) Ti ricordi di quando eravamo ragazzini? A volte aveva un sonno così profondo che… la mattina ci chiedevamo se era in coma.

Tutte e tre si avvicinano al letto.

Giovanna – Può darsi che il farabutto voglia tenere il bottino tutto per sé.

Luisa – Giacomo, mi senti?

Teresa – Con quel casco integrale, non è tanto facile.

Luisa – La dottoressa dice che, se glielo togliamo, il cervello potrebbe spargersi sul cuscino.

Giovanna – Basta aprire la visiera.

Apre la visiera.

Teresa – Giacomo, sono io, tua sorella Teresa.

Giovanna lo scuote in modo un po' brutale.

Giovanna – Giacomo? Porca vacca, ti decidi a parlare? Dove cazzo hai nascosto la grana, eh?

Luisa – Piano, così potrebbe ucciderlo!

Teresa – Ha aperto la bocca…

Giovanna – Accidenti, è vero.

Luisa – Sembra voglia dirci qualcosa.

Teresa – Forse è un tic nervoso.

Giovanna – Guardate, sembra che… abbia qualcosa sulla lingua!

Luisa – Ah, sì, è vero!

Giovanna infila una mano nella fessura del casco.

Giovanna – Ma porca di quella vacca, sputa!

Teresa – Piano, con delicatezza!

Giovanna – Ahia, lo stronzo mi ha morso!

Teresa – Spero per lei che non sia contagioso.

Luisa – Allora, cos'ha in bocca?

Giovanna estrae dalla bocca di Giacomo una chiave e la brandisce.

Giovanna – Accidenti! Una chiave!

Luisa – Una chiave?

Giovanna – Sembra la chiave di un deposito bagagli. Forse ha avuto il tempo di infilare la valigia in un armadietto della stazione.

Luisa – E ha cercato di ingoiare la chiave quando si è accorto che la polizia stava per beccarlo.

Teresa – Strano… sembra di essere in un film poliziesco.

Luisa – O in una commedia teatrale.

Giovanna – Io non posso andarci. Gli sbirri mi cercano, e hanno anche il mio identikit.

Teresa – Spiccicato, spiccicato, tra l'altro.

Giovanna (*a Luisa*) – Deve andare lei!

Luisa – Io?

Giovanna – Con quel look da borghese sussiegosa, passerà inosservata.

Luisa – Grazie, molto gentile… E se mi arrestano?

Teresa – Stiamo parlando di tre milioni di euro… Pensa a tutti i lavori in nero che potrai fare nella tua nuova casa!

Luisa – Perché non vieni anche tu?

Giovanna – Come no, così ve la svignate col malloppo! Non se ne parla. (*Estrae una pistola e gliela punta contro*) Lei resta qua.

Luisa – Oh, certo, come no… Questi giochetti con noi non servono. La commissaria ce l'ha detto che è finta.

Giovanna – Ok, ma non provate a fregarmi, chiaro?

Teresa – E poi, una di noi deve restare al capezzale di Giacomo. Altrimenti qualcuno potrebbe insospettirsi.

Luisa – Non so, non sono convinta… Non credete sarebbe meglio avvisare la polizia?

Giovanna – Perché mi sbattano in galera?

Teresa – E poi, forse nell'armadietto non c'è niente. Se troviamo qualcosa, valuteremo cosa farne.

Luisa – Nel frattempo, si chiama ricettazione.

Teresa – Pensa a tutto quello che potrai fare con un milione di euro.

Luisa – Come no.

Teresa – Potrai trasformare il tuo mulino abbandonato in un castello! Con una piscina ancora più grande di quella dell'ex premier!

Luisa – Va bene, vado.

Esce. Le altre due si scambiano uno sguardo imbarazzato. Il cellulare di Teresa squilla. Risponde. Giovanna si avvicina al paziente.

Teresa – Sì… No, sono ancora in ospedale. Cioè, io… Diciamo che la faccenda è un po' più complicata del previsto. Senti, non tutto il male viene per nuocere, alla fine potrebbe anche essere una buona notizia. Giacomo? Ah, no, lui è ancora in coma. Ti racconterò… Non posso parlare adesso… No, non aspettarmi per cena. Sì, anch'io.

Giovanna – Sembra che respiri meglio da quando gli abbiamo tolto la chiave dalla gola. Non pare anche a lei?

Teresa – Forse gli abbiamo salvato la vita.

Giovanna – Ad ogni modo, non entusiasmiamoci troppo.

Teresa – Bisognerà avvertire la dottoressa, credo.

Giovanna – Perché i poliziotti lo arrestino?

Giusto in quel momento entra brevemente l'infermiera.

Gioia – Tutto a posto?

Giovanna – Diciamo che… è stazionario.

Gioia – Non esitate a suonare se avete bisogno di me.

Esce.

Teresa – Allora, che facciamo?

Giovanna – Per il momento, aspettiamo.

Si siedono ognuna su una sedia e sonnecchiano. Si presuppone che si addormentino un istante. Elissi che può essere suggerita da un cambio di luce. Il cellulare di Teresa riprende a suonare. Si sveglia sussultando. Giovanna continua a dormire.

Teresa – Ah, Luisa… Allora, hai trovato l'armadietto? Una valigetta! Oh, cazzo… No, hai ragione, meglio non aprirla in metropolitana, ci sono un sacco di borseggiatori e se per caso è piena di banconote… Giovanna? No, sta facendo un pisolino. Senti, non so se… Non posso filarmela all'inglese, senza dire niente! Abbiamo fatto un accordo, in fondo… Sì, lo so, rubare a una ladra non è esattamente rubare, ma comunque…

Giovanna si sveglia e sente la fine della conversazione. Teresa se ne accorge e cambia tono.

Teresa – Credo sia meglio che torni qui e poi valuteremo insieme, che ne dici? Va bene, a tra poco.

Ripone il cellulare. Giovanna le lancia uno sguardo diffidente.

Giovanna – Non è che state cercando di fregarmi, per caso?

Teresa – No, assolutamente. Luisa ha la valigia! Sta arrivando.

Gioia rientra.

Gioia – Che bel quadretto di famiglia… Giacomo è proprio fortunato ad avere dei famigliari così amorevoli da vegliarlo tanto. Purtroppo, serve a ben poco, sapete.

Teresa – Sì, io… Ma in fondo, si muore una volta sola, no?

Gioia esamina un attimo le apparecchiature del malato.

Gioia – Purtroppo, non vedo miglioramenti. L'elettroencefalogramma è sempre piatto.

Teresa – Guardi, non sono sicura che prima dell'incidente il suo elettroencefalogramma fosse poi molto curvo, ma comunque… È una battuta!

Gioia – Ha ragione. L'umorismo aiuta a sdrammatizzare. Anche a me, nei casi più disperati, capita di vestirmi da clown per distendere l'atmosfera.

Giovanna – Dice sul serio?

Gioia – E poi, come dice sempre la dottoressa Malamorte ai suoi pazienti sotto palliativi: su questa terra siamo solo di passaggio.

Teresa – Certo che siete proprio bravi a trovare le parole giuste, in questo ospedale. Chissà come si sentiranno sollevati, i malati.

Gioia – È un mestiere… Quasi una vocazione. Se vi serve qualcosa, sapete dove trovarmi.

Giovanna – Grazie, suoneremo.

Gioia fa per uscire. Luisa torna con una valigetta e se la trova davanti. Attimo di esitazione.

Gioia – Ah, è andata a prendere qualche effetto personale del paziente. Molto gentile da parte sua. Non sono sicura che nel suo stato… Ma vi lascio tra voi familiari.

Gioia esce. Luisa posa la valigetta sul letto, ai piedi del paziente. Giovanna e Teresa la guardano, in estasi.

Teresa – Allora? Hai guardato cosa c'è dentro?

Luisa – Ho preferito aspettare di aprirla qui. È più prudente, no?

Giovanna – Ha fatto bene.

Luisa – E poi c'è un codice.

Teresa – Un codice? Quel cazzone di Giacomo!... Avrà avuto paura dei ladri.

Luisa – Come facciamo?

Giovanna – Non preoccupatevi, io lo conosco.

Prende la valigetta e imposta il codice.

Teresa – 007? Quanta fantasia!

Giovanna apre la valigia. La delusione si dipinge sui loro volti. Luisa fa l'inventario del contenuto.

Luisa – Un paio di vestiti… Un costume da bagno…

Teresa – Un metodo Assimil per imparare lo svedese in una settimana.

Giovanna – Quel farabutto ha cercato di fregarmi. Di sicuro voleva andarsene in Svezia con il malloppo.

Luisa – Partendo dalla stazione centrale?

Giovanna – Ad ogni modo, qui il malloppo non c'è.

Teresa (*a Luisa*) – Non è che per caso sei tu che stai cercando di fregarci?

Luisa – Io? Ma se ti ho detto che non sapevo il codice!

Giovanna – Calme, stiamo calme… Siete pur sempre sorelle, no?... E noi siamo quasi una famiglia.

Luisa si avvicina al paziente.

Luisa – Ha aperto gli occhi!

Teresa – C'è ancora una speranza.

Luisa – Di trovare il malloppo, intendi?

Teresa – Sì, anche quello.

Giovanna – Forse è un tic nervoso.

Luisa – Giacomo, ci senti?

Teresa – Ha sbattuto le palpebre!

Luisa – Forse per dire sì.

Teresa – Ah, sì, è vero. È così che si fanno parlare le persone in coma. L'ho visto in un film. Una volta vuol dire sì, e due vuol dire no. O forse è il contrario. Boh.

Luisa – Giacomo? Ascoltami bene e cerca di rispondere a questa domanda con un sì o con un no: ti chiami Giacomo?

Teresa – Che razza di domanda è?

Luisa – È giusto per sapere se ha capito il codice.

Teresa – Sbatte le palpebre o no?

Giovanna – Attraverso il casco, non è facile da capire. Forse potremmo provare a levarglielo.

Luisa – Cos'è, vuole ammazzarlo?

Giovanna – Niente affatto!

Teresa – E poi, potrebbe sporcarsi tutto quanto.

Entra l'infermiera. Giovanna riabbassa bruscamente la visiera del casco.

Gioia – Volevo solo avvisarvi che giù di sotto c'è la commissaria Sanchez. Sarà qui tra poco.

Luisa – Grazie, infermiera, ha fatto bene ad avvertirci.

L'infermiera esce.

Teresa (*a Giovanna*) – Credo sia meglio che vada a nascondersi.

Giovanna – Sì, prendo con me la valigetta. Così non la vedrà.

Luisa – Penso sia meglio metterla sotto il letto.

Afferra la valigetta e la fa scivolare sotto il letto. Giovanna sembra risentita.

Luisa – Su, vada!

Giovanna corre a nascondersi in bagno.

Arriva Sanchez. È coperta di macchie rosse o pustole.

Teresa – Signora commissaria, come sta?

Sanchez – Non tanto bene, in realtà… Continuo ad avere vampate di calore.

Luisa – La prego, si sieda.

Sanchez – Sono tornata per consultare la dottoressa Malamorte. Non è che per caso l'avete vista?

Teresa – Sarà qui in giro. Dovrebbe chiedere all'infermiera, sembrano essere molto amiche.

Luisa – Cosa te lo fa pensare?

Teresa – Non so… L'intuito… E poi quando sono arrivata, ho sbagliato porta e ho visto la dottoressa Malamorte e l'infermiera, nella camera 13 bis, intente a provarsi dei reggiseni.

Luisa – Che vergogna… Meno male che anche il paziente di quella stanza è in coma.

Sanchez – E la situazione di vostro fratello, come si sta evolvendo?

Luisa – Veramente, sta evolvendo nella direzione sbagliata.

Teresa – Ho paura che, se va avanti così, dovremmo farlo sopprimere.

Luisa – E la sua indagine, a che punto è?

Sanchez – Beh, è ovvio che i nostri rapinatori non sono Bonnie & Clyde. Non credo di dirvi niente di nuovo affermando che vostro fratello aveva il quoziente intellettivo di un'ameba. Sembra abbastanza chiaro, ormai, che è stata lei a organizzare tutto. È la mente della banda.

Teresa – La mente? In effetti, la cosa non mi sorprende poi molto.

Luisa – Lui, anche prima dell'incidente, aveva un cervello assai discutibile.

Sanchez – La tipa l'ha mandato allo sbaraglio sperando, poi, di recuperare il bottino. Purtroppo per lei… e per vostro fratello, le cose sono andate storte.

Teresa – Capisco.

Luisa – Decisamente, ha sempre avuto sfiga.

Teresa – Altre notizie?

Sanchez – Alcuni testimoni avrebbero visto Giacomo depositare una valigetta in un armadietto della stazione. Abbiamo perquisito l'intero deposito, ma non abbiamo trovato nulla… Bene, provo ad andare a cercare questa disgraziata di dottoressa (*asciugandosi con il fazzoletto*) perché ho un caldo da scoppiare… Vi tengo informate, se ho novità.

Luisa – Grazie, commissaria. E mi raccomando, abbia cura di se stessa.

Sanchez esce. Giovanna torna nella stanza. Entra l'infermiera.

Gioia – Non voglio farvi pressione, ma è importante che prendiate una decisione sulla sorte di vostro fratello. Abbiamo appena ricevuto una richiesta per un fegato. Potremmo salvare la vita a qualcun altro.

Luisa – D'accordo… le prometto che le daremo una risposta positiva. Le chiedo solo di lasciarci ancora un attimo con lui per salutarlo un'ultima volta.

Gioia – Ma certo.

Esce.

Luisa, dando di matto, scuote Giacomo nel tentativo di svegliarlo.

Luisa – Per la miseria, Giacomo, svegliati! Vuoi davvero ritrovarti con un polmone in meno?

Giovanna e Teresa la guardano preoccupate.

Teresa – Mi pare che si parlasse del fegato, no?

Giovanna – Bene, vi lascio sole. E poi è meglio che me la svigni prima che la commissaria ritorni.

Teresa – E se si fingesse morto per non finire in prigione?

Luisa – E per tenersi il bottino tutto per lui?

Giovanna (*prendendo la valigetta da sotto il letto*) – Mi permettete di portare con me la valigia? Per voi non ha alcun valore, ma per me ha un significato sentimentale.

Teresa – Sentimentale?

Giovanna – Questa valigetta è… un regalo di Giacomo.

Luisa – È dall'inizio che è fissata con la valigia.

Teresa – Sì, da prima ancora che trovassimo la chiave.

Luisa – Quindi sapeva già che il denaro era lì.

Giovanna – Ma come avete potuto constatare, non c'è più!

Luisa – Forse non abbiamo guardato bene.

Luisa cerca di afferrare la valigia, Giovanna oppone resistenza. Ognuna tira dal proprio lato e la valigetta si rompe in due. Teresa si avvicina.

Teresa – C'è un doppio fondo.

Luisa – E il malloppo è lì dentro.

Teresa (*a Giovanna*) – Lei lo sapeva e voleva fregarci!

Giovanna – E va bene, lo sapevo… Adesso che facciamo?

Luisa – Ce lo dividiamo, come previsto.

Giovanna – Perché dovrei dividerlo con voi?

Teresa – Ad esempio per evitare una nostra denuncia alla polizia. E per risparmiarsi vent'anni passati a marcire in prigione.

Giovanna – Va bene, d'accordo.

Teresa estrae alcune banconote dalla valigia.

Teresa – Tre milioni di euro.

Luisa – Mi sento come se avessi vinto al lotto.

Giovanna – Vi ricordo che si tratta comunque di soldi sporchi.

Teresa – Sporchi ma in banconote consunte di piccolo taglio.

Luisa – Per pagarmi i lavori in nero della villa, andranno benissimo.

L'infermiera entra con una siringa pronta per l'uso. Giovanna rimette in fretta e furia i soldi nella valigetta.

Gioia – Ecco, l'iniezione letale è pronta.

Teresa – L'iniezione letale?

Luisa – Santo cielo, Giacomo! È pur sempre nostro fratello.

Gioia (*con aria inquietante*) – Non preoccupatevi. Nessuno si è mai lamentato delle mie iniezioni.

Buio.

Giovanna – Che succede?

Gioia – Un blackout. Non capisco, il sistema di emergenza avrebbe dovuto attivarsi subito… Vado a vedere.

Teresa – Sì, credo sia più prudente. Perché al buio… rischierebbe di fare l'iniezione al paziente sbagliato.

Gioia esce.

Luisa – Comunque, tra poco sapremo se Giacomo aveva davvero bisogno di tutte queste apparecchiature per restare in vita.

Teresa – Io, al buio con un morto vivente, non ci resto. Mi viene una fifa blu.

Luisa – Anche a me.

Giovanna – Usciamo di qui.

Escono. Elissi.

La luce ritorna. Teresa, Giovanna e Luisa rientrano assieme all'infermiera.

Gioia (*sconvolta*) – Santo cielo! Anche il sistema di emergenza è andato in tilt. Normalmente non dovrebbe succedere mai. Ora abbiamo risolto, ma…

Teresa – Cosa?

Gioia – Vostro fratello era tenuto in vita grazie a numerose apparecchiature… che ovviamente funzionavano grazie all'energia elettrica…

Luisa – E quindi?

Gioia – Ho paura che il problema dell'eutanasia ora non sia più un problema.

Giovanna – È morto?

Gioia – Beh, non si poteva dire che prima fosse poi molto vivo… In effetti, temo che ora sia completamente morto. Vado a controllare.

Si avvicina al paziente e lo ausculta rapidamente.

Gioia – Sì, è morto. Le cose non sono andate esattamente come avevamo previsto, ma in fondo, va bene lo stesso, no? Vi lascio. La dottoressa passerà da voi tra poco.

Esce. Le altre sono interdette.

Luisa – È spaventoso.

Teresa – Malgrado tutto, era nostro fratello.

Giovanna (*avvicinandosi al letto*) – Credo che adesso possiamo togliergli il casco.

Teresa – Non so se è prudente… Il cervello si spargerà ovunque.

Luisa – Ma non possiamo comunque seppellirlo con un casco integrale addosso.

Giovanna – Gli apro almeno la visiera… così possiamo salutarlo un'ultima volta.

Gli apre la visiera.

Teresa (*a Luisa*) – Ti ricordi per caso se aveva gli occhi verdi?

Luisa – Sarebbe l'unico in famiglia.

Teresa – E questo dimostrerebbe che non ne faceva veramente parte.

Giovanna si avvicina e guarda a sua volta.

Giovanna – No!

Teresa – Cosa c'è?

Giovanna – Non è Giacomo!

Luisa – Come non è Giacomo? Poco fa lo era!

Teresa si avvicina di più.

Teresa – Ha ragione, non è più Giacomo.

Luisa – E allora chi è?

Giovanna – Assomiglia molto al morto vivente che ho visto poco fa nella camera accanto.

Teresa – Ah, sì, è vero. Anch'io l'avevo visto quando sono arrivata. È proprio lui!

Luisa – Ma non può essere arrivato qui da solo.

Giovanna – Allora che fine ha fatto Giacomo?

Teresa guarda sotto il letto.

Teresa – Non è solo Giacomo a essere sparito.

Luisa – La valigia! È scomparsa!

Entra Sanchez.

Sanchez – La dottoressa Malamorte ha deciso di tenermi in osservazione per un check up… Avevate ragione voi: in ospedale, uno sa quando ci entra…

Si ritrova faccia a faccia con Giovannna.

Sanchez – È strano. Lei assomiglia molto a una donna di cui ho l'identikit in tasca.

Giovanna (*a Teresa e Luisa*) – Scommetto che siete state voi ad avvertire gli sbirri e a nascondere il malloppo!

Luisa – Neanche per idea!

Teresa – Non sappiamo neanche di cosa parla.

Sanchez (*sospettosa*) – Poco fa mi avevate detto di non conoscerla.

Luisa – Ma infatti non la conosciamo. È la prima volta che la vediamo. Vero Teresa? E poi, chi sarebbe questa?

Teresa – Siamo un po' sconvolte, commissaria, credo possa capirlo anche lei.

Luisa – Molto gentile da parte sua rispettare il nostro dolore.

Teresa – Nostro fratello è appena morto.

Sanchez – Lui, almeno, non andrà in prigione. Ma lei me la porto via. Per quanto vi riguarda, vedremo poi. Vi chiederò di passare in commissariato per una deposizione. Per il momento, vi porgo le mie condoglianze.

Luisa – Grazie.

Sanchez (*a Giovanna*) – Quanto a lei, come si dice nelle serie poliziesche americane: ha il diritto di restare in silenzio, ma tutto quello che dirà potrà essere usato contro di lei.

Sanchez mette le manette a Giovanna ed esce con lei.

Teresa – Non ci capisco nulla.

Luisa – Cosa sarà successo?

Teresa – Secondo te Giacomo è stato capace di fingere di essere in coma per tutto questo tempo?

Luisa – Per poi approfittare del blackout per mettere il cadavere del senza tetto al suo posto e farci credere che era morto e indurci a dimenticare tutto?

Teresa – Questo spiegherebbe il fatto che i suoi occhi hanno cambiato colore.

Luisa – E soprattutto il fatto che il malloppo è scomparso.

Teresa – Forse non era poi così stupido come pensavamo.

Luisa – Sì, e la cosa a dire il vero mi lascia un po' sorpresa.

Teresa – I suoi occhi di che colore erano?

Luisa fa segno di non saperlo.

Luisa – Aveva i capelli rossi, mi pare… Non ho mai visto uno coi capelli rossi e gli occhi verdi.

Teresa – Giacomo aveva i capelli rossi?

Luisa – Tu dici di no?

Entra Gioia.

Gioia – Mi dispiace davvero per quello che è successo. Da parte dell'ospedale, vi porgo le nostre scuse. E ovviamente le nostre condoglianze.

Luisa – Grazie.

Gioia – Siccome nel caso di vostro fratello si stava valutando la possibilità di staccare le apparecchiature, spero non denuncerete l'ospedale per il piccolo disagio… che dopotutto vi ha risparmiato dal dover prendere una decisione sofferta.

Teresa – Stia tranquilla. Abbiamo già abbastanza problemi.

Gioia – Interpretiamolo come un segno del destino… o la mano di Dio.

Teresa – Non esageriamo. Dopotutto, non credo sia stata la mano di Dio a staccare la corrente dell'ospedale.

Gioia – No, credo piuttosto sia stata la mano dei sindacati, e i loro scioperi a oltranza.

Teresa – Per compensare la nostra indulgenza, credo comunque che un gesto commerciale sarebbe ben accetto.

Gioia – Un gesto commerciale?

Teresa – Relativo alle spese ospedaliere del nostro defunto. Ammetterà che se ci atteniamo alla formula "soddisfatti o rimborsati"…

Gioia – Ma certo. Le spese le offriamo noi, mi pare ovvio.

Luisa – Se possibile, le chiediamo anche di evitare che nostro fratello subisca un'autopsia. Credo abbia già sofferto abbastanza, non le pare?

Gioia – Come no. Vi ringrazio per la vostra comprensione e tornate pure quando volete. Qui siete come a casa vostra.

Gioia esce, sollevata. Teresa e Luisa si voltano verso il letto.

Luisa – Beh, almeno per lui, tutto è bene quel che finisce bene.

Teresa – Ma visto che non è lui!

Luisa – Appunto! Significa che non è morto!

Teresa – Hai ragione. E visto che la polizia lo crede tale, lo lasceranno in pace.

Luisa – E con tre milioni di euro, difficilmente lo rivedremo presto.

Teresa – Peccato. Iniziava quasi a starmi simpatico.

Attimo di esitazione.

Luisa – Comunque, ci ha abbindolate per bene, il caro fratello che non abbiamo mai avuto.

Teresa – Eh sì… Come direbbe quel tale: "Ciò che separa i vincitori dai perdenti è il modo in cui uno reagisce a ogni nuova svolta del destino".

Luisa – Orazio?

Teresa – No, Donald Trump.

Luisa – Un nuovo filosofo!

Teresa – Soprattutto ex presidente. Ma in fondo, gli ex presidenti, non sono i nuovi filosofi del XXI secolo?

Luisa – Certo che, fare una cosa simile alle proprie sorelle, significa proprio essere degli ingrati.

Teresa – Giacomo non ha mai avuto il senso della famiglia, te lo dicevo io.

Fanno per andarsene.

Teresa – Dov'è di preciso la tua nuova casa?

Luisa – Ad Arcore.

Teresa – Ma pensa, non l'ho mai sentita nominare…

Escono.

La dottoressa Malamorte e l'infermiera ritornano. Quest'ultima spinge una barella coperta da un lenzuolo.

Gioia – Perfetto, se ne sono andate.

Malamorte – Era ora… Posso vedere il tesoruccio?

L'infermiera scosta il lenzuolo che copre la barella e compare la valigetta piena di banconote.

Malamorte – Credo che stavolta ce la faremo proprio ad aprire la clinica privata, mia cara Gioia!

Gioia – Lo penso anch'io!

Malamorte – Lei è il mio angelo custode! Quindi sapeva fin dall'inizio che il fratello non era in coma?

Gioia – Appena Giacomo è stato portato qui, ho concluso un affare con lui. Noi avremmo sostenuto la diagnosi del coma per evitargli la galera e lui, in cambio, avrebbe diviso il malloppo con noi.

Malamorte – L'idea del casco integrale è stata geniale. Anch'io, all'inizio, ci sono quasi cascata.

Ridono.

Gioia – Ma andare in stazione, sarebbe stato troppo rischioso! Era meglio farsi consegnare i contanti a domicilio.

Malamorte – Mettendo la chiave dell'armadietto sotto il naso delle sorelle.

Gioia – O per meglio dire, in bella mostra sulla lingua del finto Giacomo!

Malamorte – E di lui adesso che ne facciamo? Parlo del vero Giacomo, quello che si trova nella stanza accanto.

Gioia – Quando si sarà ripreso del tutto, e la polizia l'avrà in parte dimenticato, potremo sempre assumerlo come giardiniere nella nostra nuova clinica di chirurgia estetica.

Malamorte – Dopo avergli rifatto gratis i connotati, ovviamente!

Gioia – Sarà il nostro primo paziente! Così lei potrà esercitare la mano.

Malamorte – Ha ragione. In fondo, gli abbiamo pur sempre promesso che sarebbe diventato azionista di minoranza.

Ridono.

Malamorte – La sua idea del falso blackout è stata magnifica, mia cara! Avrebbe proprio dovuto fare la giallista.

Gioia – O la drammaturga.

Malamorte – Come le ho detto, faremo grandi cose insieme.

La luce si spegne.

Malamorte – Ora, però, un blackout non serve più, non le pare di stare esagerando?

Gioia – Ho paura che stavolta sia un blackout vero.

Malamorte – Ma il povero Giacomo era ancora attaccato al respiratore…

Gioia – Già… A meno che la corrente non si ripristini immediatamente, temo che non saremo più obbligate a dividere in tre.

Malamorte – In questo caso, non ci resta che aspettare.

Escono.

La luce si riaccende.

Si vede Giacomo, con il casco integrale in testa (interpretato ad esempio da una delle altre attrici), entrare nella stanza sopraggiungendo dal bagno e poi fuggire verso i corridoi.

FINE DELLA COMMEDIA

Questo testo è protetto dalle leggi che tutelano i
diritti di proprietà intellettuale.
Ogni violazione è punibile con una multa fino a
300.000 euro e con la reclusione fino a 3 anni.

Ottobre 2022